This book belongs to:
(Este libro pertenece a:)

To My Big Brother,

This story is a tribute to all the years of playing outside
and having fun together. Love you! ♥

- DLS

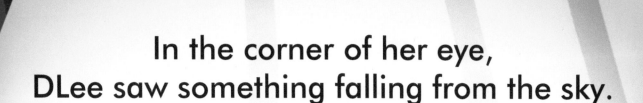

In the corner of her eye,
DLee saw something falling from the sky.

Por el rabillo del ojo,
DLee vió algo que caía del cielo.

White objects in different shapes.
A diamond, a square, a bunch of grapes?

Objetos blancos en formas diferentes.
¿Un diamante, un cuadro, un racimo de uvas?

DLee turned to her big brother
and pointed to the sky.
"Angel, Angel, what is that?"
her voice way up high.

DLee se volvió hacia su hermano mayor
y señaló al cielo.
"Ángel, Ángel, ¿qué es eso?"
hablando en voz muy alta.

"That's called snow, DLee."
Her brother said with a grin.
"Snow? What is snow?
And can we invite it to come in?"

"Eso se llama nieve, DLee."
Dijo su hermano con una sonrisa.
"¿Nieve? ¿Qué es la nieve?
¿Y podemos invitarla a entrar?"

"No DLee. We cannot," her brother replied.
"Snow is snow. It is not for the house,
it belongs outside."
"Come on lets go and I'll show you
all the wonders of snow!"

"No DLee. No podemos," respondió su hermano.
"La nieve es nieve. No es para la casa,
pertenece al exterior."
"¡Ven vamos y te mostraré
todas las maravillas de la nieve!"

10

The two put on mittens and winter clothes.
They were all geared up
from their heads to their toes.

Los dos se pusieron mitones y ropa de invierno.
Estaban bien abrigados desde sus cabezas
hasta los dedos de los pies.

When DLee walked outside,
it was such a beautiful sight.
The snow was fluffy, soft, and oh so white!

Cuando DLee salió a la calle,
era un espectáculo tan hermoso.
¡La nieve era mullidas, suave y tan blanca!

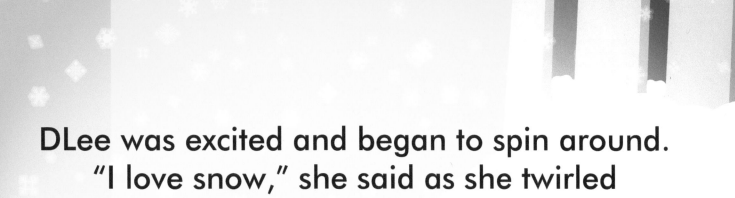

DLee was excited and began to spin around.
"I love snow," she said as she twirled
and plopped on the ground.

DLee estaba emocionada
y empezó a dar vueltas alrededor.
"Amo la nieve," dijo ella girando
y pisoteando la nieve.

The duo stuck out their tongues,
and let the flakes fall.
Continuing to do so, trying to eat them all.

El dúo sacó la lengua,
dejando caer los copos de nieve sobre ella.
Continuaron haciendo esto,
tratando de comerlos todos.

"Let's try something else DLee, stand over there," as Angel jumped excitedly in the air.

"Tratemos de hacer otra cosa DLee, párate allá," dijo Ángel dando saltos en el aire entusiasmado.

"Let's make snow angels," Angel quickly said.
"It's easy, come try,"
as he laid in the snow
moving his hands and feet toward his head.

"Hagamos ángeles de nieve,"
dijo Ángel rápidamente.
"Es fácil, ven trata de hacerlo,"
mientras se acostaba sobre la nieve
y movía sus manos y pies hacia su cabeza.

23

Together they flapped their arms and legs
in the snow.
When they got up, the wind started to blow.
It was windier now
but there was still so much to do.
Angel grabbed some snow and DLee did too.

Juntos agitaban sus brazos y piernas en la nieve.
Cuando se levantaron el viento empezó a soplar.
Ahora estaba más ventoso
pero todavía había mucho por hacer.
Ángel tomó un poco de nieve
y DLee lo hizo también.

One! Two! Three! They began to throw.
Jumping, laughing, and getting hit with the snow.

¡Uno! ¡Dos! ¡Tres! Comenzaron a lanzar.
Brincando, riendo y golpeándose con la nieve.

DLee and Angel continued playing
and having a ball.
They even made a snowman
and penguin tracks real small.

DLee y Ángel continuaron jugando
y divirtiéndose.
Incluso hicieron un muñeco de nieve
y pequeñas huellas de pingüinos.

It was darker now
and the night was growing near.
They looked up at each other
and knew that Daddy would soon appear.

Ahora estaba más oscuro
y la noche se acercaba.
Se miraron el uno al otro
y sabían que pronto aparecería papá.

The siblings grabbed hands
and began walking inside.
DLee and Angel had broad smiles
a few inches wide.

Los hermanos se tomaron de las manos
y empezaron a entrar.
DLee y Ángel tenían amplias sonrisas.

Both of their clothes were wet
but it was a small price to pay.
DLee never knew there were
so many fun things to do on a snowy day!

Ambos tenían la ropa mojada
pero esto no les importaba.
¡DLee nunca pensó que había
tantas cosas divertidas para hacer
en un día de nieve!

If you liked this book, check out DLee in:

(Si te gustó este libro, echa un vistazo a DLee en:)

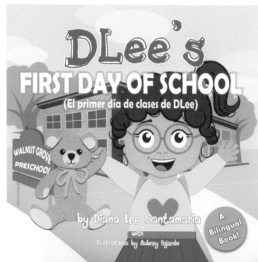

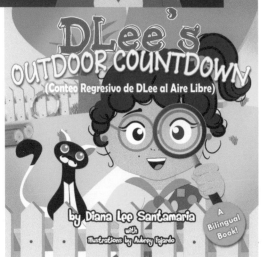

www.dleesworld.com

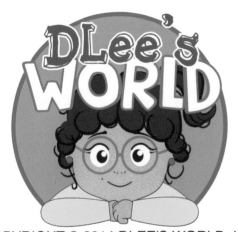